AF495938

EUGÈNE DEMOLDER

L'Agonie d'Albion

AVEC DE

Nombreuses Caricatures

de

MONSIEUR HARINGUS

LUI-MÊME

Quatrième édition.

ÉDITION DV MERCVRE DE FRANCE, XV, RVE DE L'ÉCHAVDÉ, PARIS, MCMI.

DU MÊME AUTEUR :

A LA MÊME LIBRAIRIE :

LA ROUTE D'EMERAUDE, roman du temps de Rembrandt.	3.50
LES PATINS DE LA REINE DE HOLLANDE, roman.	3.50
LA LÉGENDE D'YPERDAMME (illustrations de Rops). . . .	7.50
SOUS LA ROBE (souvenirs judiciaires).	3.50
LA MORT AUX BERCEAUX (Noël en un acte).	1 »
QUATUOR (illustrations de Rops)	2.50

Pour les Enfants :

LE CŒUR DES PAUVRES (illustrations de Couturier) . .	3.50
LE ROYAUME AUTHENTIQUE DU GRAND SAINT NICOLAS (illustrations de Rops).	10 »

A paraître en novembre, chez DEMAN, à Bruxelles :

TROIS CONTEMPORAINS (critiques picturales).	5 »

EN PRÉPARATION :

MONSIEUR CHEUNUS, roman lyrique.

LES AMOURS MACABRES D'ESTELLE TOURNAULT, roman contemporain.

Pour les Enfants :

LES AVENTURES DE LA TANTE TOCHEMARE.

L'AGONIE D'ALBION

JUSTIFICATION DU TIRAGE :

L'AFRIQUE DU SUD
LE TOMBEAU
ALBION
DE L'ANGLETERRE
AMEN!

EUGÈNE DEMOLDER

—

L'Agonie d'Albion

AVEC DE NOMBREUSES CARICATURES
DE MONSIEUR HARINGUS LUI-MÊME

QUATRIÈME ÉDITION

PARIS
ÉDITION DV MERCVRE DE FRANCE
XV, RVE DE L'ÉCHAVDÉ-SAINT-GERMAIN, XV

—

MCMI

—

AUX ILLUSTRES ET MIRIFIQUES MEMBRES

DU

CONGRÈS DE LA HAYE

EN ADMIRATION POUR LEURS TRAVAUX,
LES RÉSULTATS D'ICEUX,
ET POUR CÉLÉBRER LA PAIX QUE CES DIPLOMATES ONT
ASSURÉE AU MONDE
DEPUIS LEUR SOLENNELLE ASSEMBLÉE,

AVEC LE RESPECT QUE NOUS LEUR DEVONS,

EUG. DEMOLDER

ET

MONSIEUR HARINGUS LUI-MÊME

Or, un jour, certain philanthrope assembla les principaux pick-pockets de la Ville. Il les sermona avec une grande bienveillance, leur parla de loyauté, de probité et du devoir des hommes. Ce Congrès dura quelques jours et eut un grand retentissement dans le monde. Les pick-pockets écoutèrent avec attention les discours du philanthrope. Ils jurèrent de ne plus voler et s'en allèrent en souriant. Le lendemain ils rentrèrent chez eux, au soir, après avoir escamoté déjà, qui des lingots de mine d'or, qui de l'ivoire d'Afrique, qui des potiches de Chine qui des objets de valeur moindre.

(d'après une ancienne nouvelle anglaise)

Pour qu'on me raye

des grands Clubs de Londres.

« Les Français taschent souvent usurper et surprendre nos villes et forteresses du païs; mais les Anglais font la guerre aux bourses et richesses du peuple. »

D'ASSONLEVILLE, *conseiller des Pays-Bas.*

XVIe siècle.

« L'Angleterre, cette vieille maraudeuse. »

UN DÉPUTÉ AMÉRICAIN.

XXe siècle.

Les Anglais sont gens de bien pour leur propre compte et gens sans foi pour le compte de leur pays.

JOUBERT.

Le repas s'achevait en silence, quand la servante posa sur la nappe un plat de fraises. L'Anglais, sans dire mot, les attira à lui, il se les versa toutes sur son assiette. « Mais, Monsieur, j'aime aussi les fraises, dit Leconte de Lisle. « Aôh! lui répondit l'Anglais, pas tant que moâ! »

HENRI DE RÉGNIER.

La porte des tavernes se ferme pendant l'office, mais on peut l'ouvrir et on y boit dans l'arrière-boutique.

HENRI TAINE.

La dignité..., il était dans le rostbeaf, dans le Porto.... dans le confortable de moâ!!.. dans le complet arrondissement de moâ!!!

CHARIVARI, 1865.

Les mines d'or sont là-bas!

HERMAN PAUL.

Les Anglais! Oh! C'est un petit nom d'amitié qu'on donne aux huissiers, recors, etc.

BRÉVILLE.

L'Anglais veut avant tout être bien nourri.

BASTIAT.

L'eau est salée, ceci est à nous!

MILORD HERVEY.

Redoutons l'anglomanie.
Elle a déjà gâté tout!

BÉRANGER.

Ta politique, John, est cauteleuse; elle ne vous regarde pas en face, et l'on ne sait jamais l'heure que marque son cadran. Ma loyauté et ma franchise sont proverbiales; c'est un héritage de ces braves chevelus qui vivaient primitivement dans les forêts et les montagnes de la Franconie.

La France de 93 dénonçait ta nation au monde comme la Carthage moderne et l'ennemie du genre humain. Les illusions de Montesquieu, des philosophes et de l'école constitutionnelle étaient alors bien évanouies; on avait fait la cruelle expérience du peu de sincérité de ton libéralisme.

JACQUES BONHOMME A JOHN BULL.

John, on sait que tu n'es plus inattaquable !

JACQUES BONHOMME A JOHN BULL.

L'anglicanisme ne serait pas complet s'il n'était qu'hypocrite : il est intolérant.

VACQUERIE.

Anglaise : sorte de redingote.

DICTIONNAIRE LAROUSSE.

Le meilleur restaurateur de Liverpool ne sait pas accommoder un poulet.

HENRI TAINE.

En Irlande on ne voit guère que des paysans plus malheureux que des sauvages. Seulement, au lieu d'être cent mille, comme ils seraient dans l'état de nature, ils sont huit millions, et font vivre richement cinq cents « absentees » à Londres et à Paris.

STENDHAL.

Cette grande comédie anglicane.

PROUDHON.

On dit aussi poire d'Angleterre, et quelquefois plus simplement : Anglais.

DICTIONNAIRE LAROUSSE.

Les Anglaises mettent tout dans la forme.

BALZAC.

Je ne sais qui comparait une Anglaise à un champ clos, où des couleurs ennemies se rencontrent et se livrent bataille.

COMTE JOSEPH D'ESTOURNEL.

LA HAINE DE L'ANGLAIS

LA HAINE DE L'ANGLAIS

M. Haringus est Hollandais. C'est un homme digne, lettré et savant. Il cultive des tulipes et des jacinthes, collectionne les porcelaines rares et les gravures : il dessine lui-même et fait un peu de peinture.

Quoique frisant la cinquantaine, M. Haringus reste toujours gai; il aime les propos joyeux, la bonne chère, le vin rare et « le reste », comme disait La Fontaine en un mot d'une excessive pudeur. Il a beaucoup voyagé, connaît l'Europe. Il se rend souvent à Paris et achète les livres à la mode.

D'ailleurs M. Haringus est riche : son père, un armateur, lui a laissé une grosse fortune. Ce serait donc le plus heureux des hommes, s'il n'avait une manie : la haine de l'Anglais.

— Nation de mercantis, de maraudeurs et de tartufes, dit-il aussitôt qu'il entend parler de la Grande-

Bretagne. Le léopard est une bête avide, voleuse et sournoise : digne animal qui représente le pays!

Il ajoute :

— Ils sont cruels, impitoyables! Il n'y a pas de cœur derrière les côtes blanches d'Albion!

Et il crie furieux :

— Voyez donc au Transvaal! Pour éteindre une race héroïque, froidement ils font périr mille enfants boers dans les camps de reconcentration.

On s'incline.

Mais je répliquai un jour au coléreux batave :

— Pour quelques crapules qui remuent les instincts d'un patriotisme féroce, il ne faut conspuer ainsi le pays de Shakespeare!

J'ajoutai :

— D'ailleurs les Anglais sont généralement des ivrognes; à ce titre ils méritent la considération d'un grand nombre d'habitants du continent.

M. Haringus répliqua :

— Shakespeare est le plus grand poète des temps modernes! Mais que sont devenus les Anglais, depuis son époque? Ah! l'Angleterre formait un des coins les plus retentissants de ce XVIe siècle que Taine a appelé « une caverne de lions ». Elle était fougueuse, pittoresque, héroïque! La haine y coulait comme la lave d'un Vésuve. L'amour y jaillissait en sources qui allaient se bleuir dans l'azur du ciel! Les Anglais d'alors, passionnés, violents, jettent leur âme hors d'eux! Ils aiment la vie, se roulent au milieu de ses flammes. Ils se montrent généreux, sociables, galants! Taine les décrit ainsi : « Ce sont des corps de charretiers avec des sentiments de gentilshommes, des habits d'acteurs et des goûts d'artistes! »

M. Haringus s'emballait :

— Dans *Beaucoup de bruit pour rien*, Béatrix s'écrie : « Lorsque je suis née, une étoile dansait. » Mot charmant! Mot divin! Fleur qui tombe du ciel! Et Eekhoud, dans son livre sur le *Siècle de Shakespeare*, a dit : « Cet horoscope est celui de la majorité des Anglais de la Renaissance. »

M. Haringus ricana :

— Aujourd'hui quand ils naissent, une guinée saute dans la boue! Car la race a été abîmée par le puritanisme! La générosité, refoulée par les mercantis! L'Anglais qui buvait du sack avec Falstaff à la *Hure de Sanglier*, en compagnie joyeuse et « bon garçon », regarde maintenant ses voisins du haut de sa dignité et s'enivre seul de gin dans son cabinet. Tout est devenu clandestin et hypocrite. Et John Bull ne s'occupant que de mercantilisme, songe à la domination du monde, qu'il veut tenir dans ses griffes d'usurier!

M. Haringus brandit le poing :

— Ah! oui! Ils ont changé! Car en ce siècle ce sont les Shylock de Shakespeare et les Barabas flétris par Marlowe, les flibustiers et les voleurs qui tiennent le cœur anglais : la bande équivoque qui a entonné à la Bourse de Londres le « God Save the Queen », lors de la délivrance de Kimberley!

Et le Hollandais conclut, en clignant de l'œil d'une façon malicieuse :

— Malgré sa perruque extravagante et ses jalousies de femme, je préfère Elisabeth, dansant la pavane à soixante-neuf ans aux noces de lord Herbert, entourée de soieries lumineuses, de bijoux pleins de feu, aux impératrices d'aujourd'hui, bourgeoises, surveillant le pudding de leur cuisine, buvant la petite goutte au coin du feu et laissant opérer des massacres autour d'elles!

M. Haringus prit un air prud'hommesque :

— D'ailleurs l'Histoire les jugera!

Ainsi M. Haringus va par les rues, les salons, les cafés, disant beaucoup de mal de la nation anglaise. Il en critique les costumes, la tenue :

— Les Anglais ont inventé l'habit rigide, étroit, affirme-t-il, ils ont mis à la mode le vêtement pro-

OLD IRISH
WISKY
LE RIRE
LE SOURIRE
LE RIRE

testant. Dans ces étuis ils ont la dignité insolente, la réserve vaniteuse, la morgue imbécile. Et dire que jusqu'en France on a imité ces façons de parapluies serrés dans leurs fourreaux et ces manières qui vous engoncent dans les faux-cols comme en des viroles ! C'est ridicule ! Mais ces bougres ont mis une baguette en fer au cul des gens, et comme ils ont des dents carrées qu'ils n'osent montrer, ils ont banni le sourire !

M. Haringus se moque aussi des musiciens d'Outre-Manche. Il aime à parler des Anglaises qui jouent du piano de la façon inharmonieuse que l'on redoute.

— Elles ne peuvent littéralement lier une note à une autre ! insinue-t-il. Et quand elles chantent !

Il imite les cris du chat, glousse comme une poule. Puis il critique les déplorables concerts qu'on donne à Londres, affirmant :

— Une musique de régiment anglais, exécutant un air de bravoure ou de sentiment, est la seule chose, en Grande-Bretagne, qui pourrait mettre en fuite des Allemands.

D'autre part M. Haringus nargue agréablement les misses qui s'adonnent à la peinture :

— Je sais bien qu'en d'autres pays, dit-il, les jeunes filles brodent des pantoufles ! Mais c'est moins

prétentieux, cela réchauffe les pieds, et apparaît plus beau de ton !

M. Haringus relève la tête :

— D'ailleurs la peinture anglaise n'existe guère.

— Eh ! eh ! interrompé-je, par égard pour Hogarth, Rowlandson, Turner, Madox Brown, et par galanterie pour Kate Greenaway.

— Soit ! reprit M. Haringus comme s'il avait deviné toute ma pensée : vous voulez défendre la *danse anglaise de la Mort* (une chose d'actualité, si le génial Rowlandson revivait !) ou le *Mariage à la mode*, la *Carrière du Libertin* ! Je vous les accorde !

— Merci bien ! fis-je.

— Mais, savez-vous, Lely, ce favori de la cour anglaise, a été le plus abominable et le plus malhonnête pasticheur de Van Dyck ! Sans l'école de Rubens et Rembrandt, malgré leur talent, Reynolds, Gainsborough et Lawrence n'eussent pas été ce qu'ils sont ! Eh ! eh ! John Constable doit des choses à Hobbema et à Ruysdaël ! Quant aux préraphaëlites, ils ont coupé les ailes blanches à la colombe florentine et les ont adaptées à des grouses d'Écosse !

M. Haringus fit un vilain calembour en s'écriant :

— Le joli vol !

Et il reprit :

— A eux seuls les insulaires n'eussent pu consti-

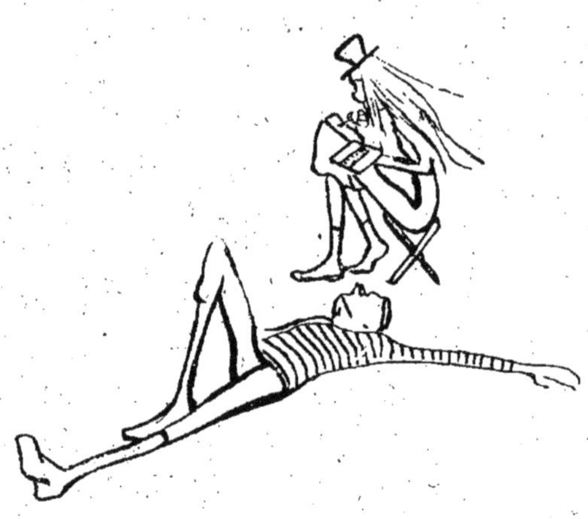

tuer une « peinture » à l'Angleterre. Pas plus qu'à eux seuls, sans les Prussiens et les Russes, ils n'eussent accompli ce Waterloo, qu'ils subiront à leur tour!

M. Haringus s'écria, emphatique :

— Pour avoir une palette dans le ventre, il ne faut pas qu'il s'y trouve d'abord le caducée de Mercure, le masque de Tartufe et la corde du bourreau!

Il respira un peu :

— Quant à la sculpture, continua-t-il, on n'en parle même pas. Vous connaissez les statues de Londres. Michel-Ange eût craché dessus.

Il avoua :

— A l'avant-dernier jubilé de la très regrettée reine Victoria, j'ai assisté à l'inauguration de sa statue à Windsor au pied du château. Cette statue, grotesque, s'érige en un bronze alors brillant et fraîchement coulé. Quand on enleva le voile, je crus que ce voile était fait en papier.

M. Haringus, content, frappa sur sa cuisse :

— Tout le reste ne vaut guère mieux !

Un autre jour M. Haringus me dit :

— La preuve que l'Angleterre n'est pas un pays fin ? La toilette des femmes et la cuisine de cette île.

— C'est peut-être vrai.

— O la toilette ! s'écria M. Haringus. Taine donne ainsi son avis : « Le ridicule en est énorme ! » Et il

raconte qu'il dit un jour à une dame londonienne : « La toilette est plus éclatante chez vous qu'en France. » Elle répondit : « Mais c'est de Paris que viennent nos robes ! » Taine ajoute : « Je me suis bien gardé de répondre : « C'est vous qui les choisissez ! »

— Et puis, que voulez-vous ! reprit mon interlocuteur. La laideur des femmes ! En Flandre, en France, en Italie, en Espagne, elles sont généralement jolies : il ne faut pas traverser plusieurs villes avant de trouver un visage agréable ou un corps bien proportionné. Mais dans la Grande-Bretagne ! Il y a quelques belles filles par province. Le reste ? Voici ce que Taine, homme juste et modéré a écrit (j'ai appris ces phrases par cœur !) : « Beaucoup sont de simples *babies,* poupées de cire neuve, avec des yeux de verre, et qui semblent parfaitement vides de toute idée. D'autres figures ont rougi et tournent au bifteck cru ; il y a un fond de bêtise ou de brutalité dans ces chairs inertes, trop blanches ou trop rouges. Quelques-unes vont à l'extrême de la laideur et du grotesque, pattes de héron, cous de cigogne, et toujours la grande devanture de dents blanches, la mâchoire saillante du carnivore. »

M. Haringus, au bout de quelques instants, reprit d'un air gourmand :

— Quant à la cuisine, j'adore les plats exquis, vous le savez. Mais en Angleterre on n'en peut découvrir ! Ah ! le ciel de Provence, uni à la Méditerranée, a donné la divine bouillabaisse, la Touraine, ce pays de Balzac et de Rabelais, exhale un parfum merveilleux pour les gourmets, l'Allemagne ouvre ses brasseries et ses charcuteries, Venise offre, comme des cœurs de cardinaux, ses araignées de mer à l'huile, Naples prodigue sur fond d'or, les coquillages aux tomates, la Flandre exhale la savoureuse senteur des cuisines juteuses ! Mais Albion !

M. Haringus prit un air dégoûté :

— Des rôtis ! Des bouillis ! Des légumes sans assaisonnements, comme pour les perroquets ! Sur tout ça ils vident des bouteilles d'épices, qu'on dirait préparées par les Borgia ; elles contiennent des emporte-gueule et l'on ne serait pas étonné de lire sur ces fioles : « Pour usage externe ! » Pouah ! Leurs gâteaux sont durs comme des vieux châteaux-forts ! Le pudding est à la graisse de bœuf ! Les vieilles filles l'inondent de rhum !

Cependant M. Haringus ne se contente pas de poursuivre l'Angleterre de ses quolibets Il emploie son talent de dessinateur à faire des caricatures : il m'en a

donné, me permettant de les reproduire dans ce livre. Ainsi sera dépeint plus complètement l'état d'âme de M. Haringus. Etat d'âme curieux : caractéristique frappante de la colère allumée contre l'Angleterre. Les questions politiques m'intéressent peu et je laisse tourner le monde très philosophiquement. Mais M. Haringus, dans ses spéculations, m'a paru si typique que je n'ai pu m'empêcher de répéter ce qu'il m'a confié, au risque de blesser les Anglais dans leur sentiment national et d'avoir l'air de manquer de respect vis-à-vis de quelques institutions couronnées. Je le regrette beaucoup, mais je suis sûr d'amuser quelques-uns : ce qui importe. D'ailleurs, l'histoire que je vais raconter a sa morale : elle montre combien les gens de cœur méprisent une nation qui ne respecte pas les principes élémentaires du droit des gens et qui ne fait pas la guerre de façon honnête et humaine, comme il convient.

UN RÊVE HÉROIQUE

UN RÊVE HÉROIQUE

La haine de M. Haringus pour l'Anglais a été accentuée par la guerre du Transvaal. Période agitée ! Chaque matin, M. Haringus ouvre fiévreusement les journaux et se réjouit des catastrophes qui pleuvent sur les armées britanniques. Il est navré quand les Anglais prennent un « laager » ou font prisonniers quelques Boers, des femmes, des moutons et des bœufs, comme le rapportent périodiquement leurs bulletins militaires. La reddition de Crontje a failli le rendre fou.

Voilà deux ans que dure cet état. M. Haringus tient une comptabilité des « khakis » occis ou blessés et regarde les additions grossir avec la joie qu'il met à voir monter le taux de ses actions de « trams » ou s'arrondir les melons de ses couches. Pourtant M. Haringus est tendre comme ces pains faits au lait et qu'on mange en Flandre bourrés de raisins de Corinthe et d'un peu de sucre candi. Pour vous donner idée de sa bonté, je vous dirai qu'il adore les fruits, néanmoins il se désole quand son jardinier attrape un loir au piège :

— Pauvre petite bête, elle a de si beaux yeux !

Il n'ose demander grâce, car le jardinier se fâcherait, mais M. Haringus a parfois ouvert la trappe en tapinois, et s'est sauvé tel un gamin à la maraude. D'ailleurs il place dans ses pommiers des pots qui facilitent la construction des nids. Il n'écraserait pas une punaise.

Mais que, voulez-vous ? Kitchener a vraiment « dépassé la mesure ! »

— C'est trop fort, dit M. Haringus, ces sales Anglais vous feraient sortir de vous-même le revolver au poing.

Et il se promène dans son jardin, tuant son cigare en vingt bouffées rapides, agitant les pans noirs de sa redingote ainsi que des drapeaux agacés au souffle des balles. Parfois d'un geste sec — tel Tarquin parmi ses pavots — il casse la tige d'une fleur qui tombe, ou, colère, il lance une pierre à un oiseau qui fuit.

— Ah ! si je les tenais !

Il montre le poing à ses pivoines, à ses roses, à ses œillets ou à ses dahlias, suivant la saison.

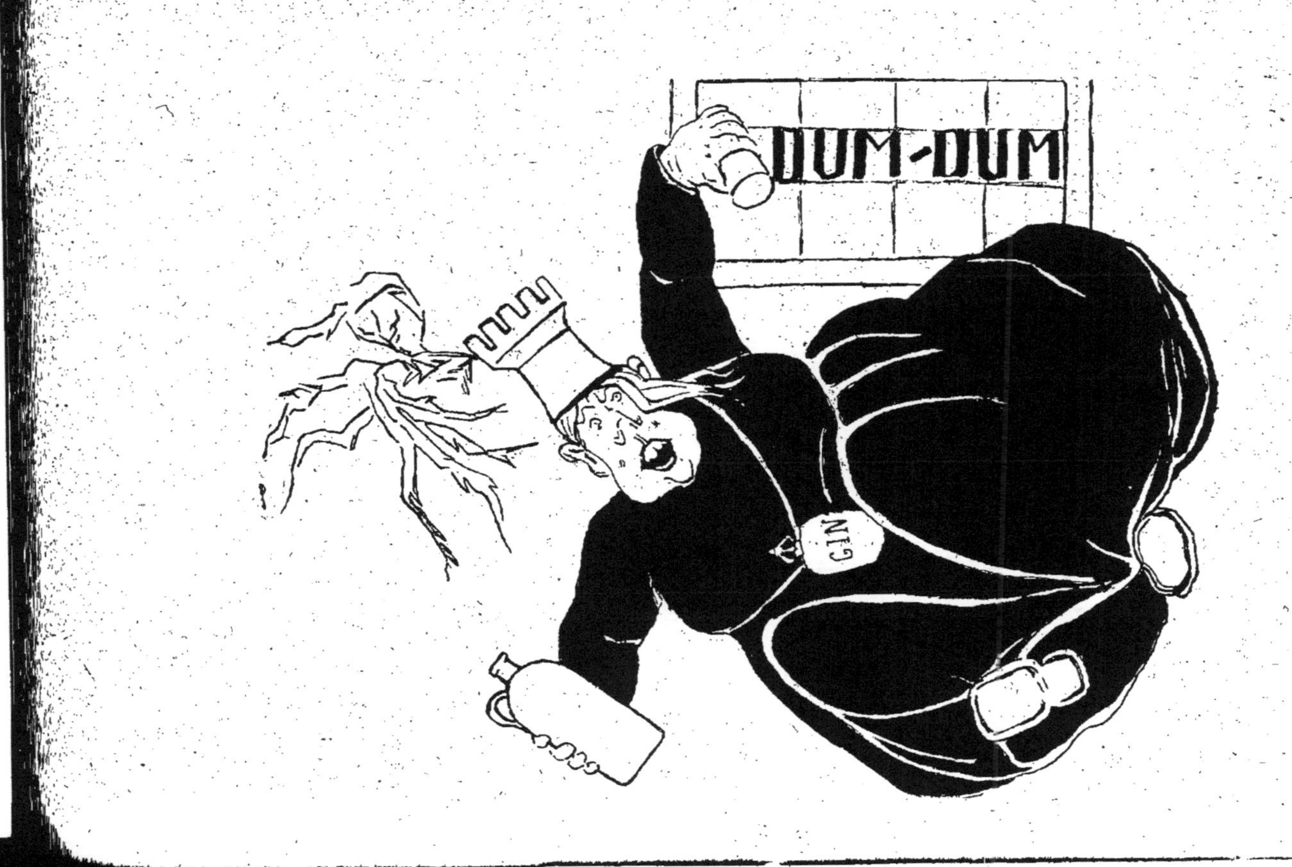
DUM-DUM
GIN

A l'estaminet il pérore, boit un verre de Schiedam en plus pour s'enflammer, regrette de n'avoir plus vingt ans pour « partir » et affiche son mépris à l'égard de l'empereur d'Allemagne, qui a refusé de recevoir Krüger.

— Des questions de familles royales!

Un de ses voisins dit :

— On se croirait encore au moyen âge.

Et un troisième soupire :

— Ah ! si les socialistes voulaient!

Chez lui M. Haringus se refuse à prendre la demi-bouteille de stout qu'il buvait les jours où il allait rendre visite à ses amies, il a renoncé aux pickles, bien que la viande soit fade en Hollande et s'est interdit jusqu'aux gingernots qu'il croquait certains soirs en sirotant son curaçao.

— Je ne veux plus rien d'anglais, a-t-il déclaré.

Un soir il lut le récit d'une victoire boer : trente-cinq transvaaliens avaient tué le joueur de fifre d'une troupe anglaise et fait prisonniers les hommes, au nombre de sept cent cinquante-neuf; ils les avaient relâchés les jugeant inoffensifs ; mais ils prirent les habits et les armes, laissant au colonel un monocle qu'il les avait priés de lui rendre et un exemplaire du marquis de Sade, trouvé sous la selle de son cheval et qui était relié comme une Bible.

— Bravo! s'écria M. Haringus. Cela marche!

En se couchant il se versa une ample rasade de rhum dans son thé et s'endormit après avoir lu quelques pages de Tacite: M. Haringus adorait cet auteur.

Bientôt il ronfla légèrement, en homme heureux et il fit un rêve singulier. Il rêva qu'un grand livre d'histoire s'ouvrait devant lui : il y voyait des caractères rouges énormes; le diablotin d'or qui figurait sur l'horloge en mahoni de M. Haringus, quitta aussitôt son poste et s'approcha rieur. Arrivé près du lit le lutin sauta et se mit à califourchon au faîte du grand livre : d'un doigt crochu il montra les premiers mots du texte. Bien que fort endormi, M. Haringus lut clairement, nettement, comme s'il se fût trouvé dans la réalité :

« Après le départ de lord Roberts, les généraux boers avaient réussi au bout d'une année à disperser les troupes britanniques, à soulever la colonie du Cap et à couper toutes les communications de l'ennemi. Celui-ci n'eut plus qu'à se rendre : ce qu'il fit avec empressement.

« Les Anglais, heureux de voir la guerre ainsi terminée, ne cachèrent pas leur joie : ils dansèrent des gigues sur la grand'place de Blœmfontein et devant l'église de Prétoria. Ces guerriers en avaient assez de se voir depuis deux ans enlever les vivres chaque semaine par des bergers et des laboureurs ; ils étaient fatigués de contourner des « kopjes » sous un feu vif et sûr, qui leur faisait passer le goût du gin.

« Cependant, comme il leur souriait peu de regagner la patrie, où régnaient la ruine et l'incohérence, les mercenaires anglais se mirent au service des vainqueurs. Ils se mêlèrent à la population. Bientôt on vit les aérostiers de Buller gardiens d'ascenseurs aux hôtels du Cap ; les artilleurs s'engagèrent chez des artificiers où on leur apprit enfin à se servir de la poudre. Les lanciers de Brabant, sur des chevaux godins, organisèrent des courses de taureaux, et firent rire aux larmes les enfants de Prétoria. D'autres ouvrirent des bars, se firent marchands de pipes, maquignons, clowns, bookmakers ou agrandirent les numéros de quelques maisons, dans les faubourgs de Johannisburg, où viennent beaucoup de chercheurs d'or. Quelques-uns, originaires de Whitechapel ouvrirent une école clandestine de pick-pokets. Des capitaines s'occupèrent d'établir dans les villes de l'Orange des cabinets à l'anglaise. Ainsi l'armée s'était dissoute.

« Une chose inquiétait encore les Transvaaliens. Ne trouvant plus de soldats à expédier en Afrique, les ministres du Roi Édouard avaient envoyé leur flotte aux côtes de leurs anciennes colonies : elle paradait tantôt devant Durban, tantôt devant Capetown. Un Long-Tom fut braqué : son boulet creva un croiseur, qui coula à pic. Les autres navires se mirent hors de portée. Cependant les Boers, un jour qu'ils se lavaient les pieds dans la mer, près de Durban, résolurent de prendre ces bateaux à la nage, et ils le firent aussitôt. »

Ces mots lus, le diable ferma le livre, se croisa les bras et demanda à M. Haringus :

— Cela te fait-il plaisir?

M. Haringus répondit d'une voix retentissante :

— Je suis enchanté.

Il lança ces paroles avec une telle force, qu'il réveilla Justiniana, sa servante, laquelle logeait dans une chambre au-dessus de la sienne. Cependant il continua de dormir.

Le diable, toujours perché sur le livre, dit :

— Veux-tu voir ce qui est arrivé à Londres, par la suite?

— Volontiers!

— Viens!

Le lutin jeta le livre sur le parquet, prit la main de M. Haringus : un instant il parut au dormeur qu'il escaladait des nuages, passait au-dessus de la mer, traversait des plaines mangées par la lune. Il

R^{TE} DE PRÉTORIA

eut un peu de vertige. Tout à coup il sentit une odeur de suie.

— Nous voici arrivés, dit Satan.

Ils se trouvaient dans une grande rue emplie de peuple et d'affiches. A droite, un palais massif et carré se dressait lugubre, telle une caserne.

— C'est ici, fit le démon.

Devant la porte un cuirassier colossal à la poitrine bardée de fer, avec un immense plumet sur la tête, se tenait, sabre au poing, sur un cheval immobile : pas un muscle de la figure du soldat ne bougea quand Haringus et le diable passèrent. Le lutin donna un léger coup de fourche dans le ventre du *cheval* : il en sortit du son.

Alors les deux voyageurs escaladèrent plusieurs grands escaliers vides, traversèrent des chambres désertes et lugubres. Soudain le diable poussa M. Haringus dans une salle immense et vraiment seigneuriale. Une table solennellement servie en occupait le centre. Sur un trône, un homme gras, grisonnant et pâle était assis.

— Je le connais, se dit M. Haringus.

Il demanda au diable :

— Qui est-ce ?

Mais le diable avait disparu.

M. Haringus se cacha à demi derrière un paravent.

L'homme gras s'essuya le front; comme un domestique passait devant lui, il déplora la qualité des gin-cocktails et des brandys qu'on servait à Londres depuis le début des hostilités au Transvaal.

— Il y a quelque chose de pourri dans le royaume d'Angleterre, dit-il.

Et il murmura:

— John, donnez-moi le *Times*.

— Sa Majesté sait qu'il ne paraît plus.

— Le *Pall Mall*.

— Sa Majesté sait qu'il a fait faillite.

— C'est juste. Quels journaux avons-nous?

— Des publications françaises, Sire! Le *Sourire*, la *Plume*, l'*Almanach du Père Ubu*. Nous sommes aussi abonnés au *Tu-Tu*, au *Frou-Frou*.

— Donnez-moi le *Sourire!* soupira l'homme.

Il alla vers une fenêtre: le jour qui tombait blémit encore sa face aux graisses jaunes, accentua la profondeur des rides, la bouffissure des chairs. Il regarda à travers les carreaux les fumées de Londres, les toits gris, l'exhalaison opaque de la Tamise, l'air d'ennui, le ciel de spleen, et il murmura:

— J'ai en moi quelque chose qui dépasse toutes les manifestations extérieures, lesquelles ne sont que la livrée et le décor de la douleur.

M. Haringus se dit: Je le reconnais, c'est Hamlet!

En effet, c'était Hamlet. Comme on se trouvait au jour de la fête des roys, ce prince avait invité, suivant l'usage, quelques-uns de ses ministres et de ses généraux. Pourtant il se sentait de très méchante humeur. M. Haringus devina aisément la cause de ce chagrin. D'ordinaire, au palais, on festoyait noblement : il se portait au dessert des toasts valeureux : le soir venu Hamlet était reconduit en grande pompe par les domestiques et l'on ramassait toujours sous les chaises quelques secrétaires d'État et plusieurs colonels Mais aujourd'hui il n'y a même plus d'orchidée sur la nappe : nulle vaisselle d'argent, nul surtout de vermeil : tout a été vendu pour faire face aux frais de la guerre! Tout! M. Haringus le sait! Hamlet a même été forcé de se défaire des portraits de famille à l'hôtel Drouot, où Adolphe Willette les a achetés à prix d'or : ils sont remplacés par des photographies dans la salle où jadis les ancêtres buvaient les vins rares des coupes précieuses.

Tout à coup un bruit terrible éclate dans la rue : des cris de révolte, des hurlements de misère, les abois de la faim ; c'est le peuple de Londres qui se révolte et frappe sur son ventre vide comme sur un tambour d'émeute. M. Haringus tremble.

— Qu'est-ce? bégaye Hamlet.

— Le populace se soulève, répond le domestique.

— La populace?

— Elle a saccagé un cercle militaire.

— Lequel?

— Celui des « Vingt contre Un ».

— Et où vont-ils? demande Hamlet hagard.

— Ils passent, dit le valet flegmatique.

— Ils ne viennent pas ici, murmure Hamlet satisfait.

Le bruit s'éloigne. Quelques voix crient :

— Vive les Boers!

— Vive la Sociale!

— Vive Krüger!

— Vive Dewet!

— A manger!

— A boire!

— A bas l'armée!

M. Haringus se retourne dans son lit et murmure :

— Ils sont passés! maintenant nous allons rire!

Et Hamlet soupire, les yeux au ciel, d'un air navré :

— C'est la fête des rois!

En effet la porte s'ouvre : un maréchal chamarré de médailles se présente, petit, maigre : horreur! entre ses épaulettes une face de vieux renard à la moustache grisonnante se dresse, montre une canine féroce et jaune, grimace d'un air astucieux et superbe comme si la bête rusée revenait d'une assemblée de lions qui eût écouté ses conseils. En guise de sabre il traîne au cul une queue rousse. Un général suit : son corps se gonfle de vent ou d'orgueil : sur ses épaules rougit une grosse tête de dindon, au regard stupide : les pans de son habit rouge sont relevés par les plumes d'une roue vaniteuse qui rend le monstre plus ridicule. Un troisième militaire entre avec un mufle de hyène, la bête qui viole les tombes et déterre les morts.

— Je connais ces gens, se dit M. Haringus.

D'ailleurs les trois étranges individus portent des caillots de sang sur leurs habits, comme s'ils venaient de sortir d'un grand abattoir.

Ils s'inclinent et chacun d'eux pousse son cri d'animal.

A cet instant un quatrième seigneur entre.

— Joë ! dit Hamlet ému.

Le nouvel invité a mis un costume de ministre, une orchidée blanche à la boutonnière. Sa figure est livide, sa peau, sous laquelle il semble qu'on voie se mouvoir des tentacules, rappelle celle de la pieuvre. Son œil luit d'éclats d'or et de sang.

— Cher ami, reprend Hamlet.

Il donne à la Pieuvre une longue et fraternelle poignée de mains.

Et vient un gros homme : son ventre fait craquer l'habit noir : il a des mâchoires puissantes comme des timons et des oreilles grandes comme des roues : on dirait le char de l'État!

— Sale Tilbury! s'écrie Hamlet.

M. Haringus observait tout dans son rêve et se tenait coi derrière le paravent.

On se mit à table.

Les valets apportèrent un potage à la queue d'âne, tous les bœufs ayant été réduits en salaisons et expédiés au Cap, expliqua Hamlet.

La Hyène dit :

— Ah! ce n'est point mauvais! Un peu frais, seulement! J'aime la viande plus faisandée.

Mais Hamlet soupira, avec une grande dolence :

— Où en sommes-nous réduits!

Le Renard darda sur lui des regards pointus et glapit :

— Ah! Ce n'est point ma faute. J'ai pris Prétoria.

— Ah! ah! gloussa le dindon. C'est Prétoria qui vous a pris!

— Vous oubliez Spion-Kop, cria le renard furieux. Et ce qu'on rimait sur vous!

Il prit un air de chanteuse au café-concert :

J'ai passé la soixantaine
Et repassé la Tugela !

— Vous chantez comme une fille, comme une cocotte! cria le Dindon.

— Milords! Milords! intervint Hamlet.

Mais le Dindon s'empourprait de rage : son fanon s'allongeait blanchâtre et rouge sur son bec : les plumes de sa roue comme un ressort le levèrent sur son siège :

— Quand vous étiez à Prétoria, lança-t-il au Renard, vos patrouilles, dépouillées par les Boers, revenaient chaque jour à leur camp nues et sans feuille de vigne!

— Est-ce ma faute! s'écria le Renard dont la queue rousse se dressait colère derrière son dos. Vous aviez abruti les hommes avant mon arrivée. Vous ne savez, Monsieur, distinguer l'arbre de la locomotive et avez fait décimer vos troupes par vos propres canons!

La Hyène se tenait les côtes de rire :

— Ici Botha aurait plus de joie que le jour où il fit bombarder par Gatacre mille vieux chapeaux perchés sur un kopje!

4

La rage du Dindon se retourna vers le sinistre animal :

— Tais-toi! Tu es une hyène! Tu as profané des tombes ! On t'a envoyé là-bas parce que tu sentais le cadavre et qu'il y avait du sang plein ta gueule !

— Il y en a maintenant plein la tienne! hurla la Hyène.

Hamlet se voila la face :

— Dieu ! L'univers entier doit vomir sur nous !

Il dit au valet qui écoutait :

— John, sortez !

Alors les convives se calmèrent un peu. Mais hélas! on servit des canards aux carottes.

— Des canards, ça vous connaît, Messieurs, dit finement Joë la Pieuvre aux trois généraux.

— La carotte vous est familière, répliqua le Renard en passant à Joë une saucière où nageaient des tranches jaunes de cette racine.

Et la Hyène se pencha vers un domestique :

— Donnez donc ce pot de vin à Messire Joë !

— Milords, vous êtes vraiment trop spirituels, dit Hamlet.

Il ajouta :

— Et votre esprit pourtant nous a mis dans une rude « purée » !

Devant cette leçon le Renard baissa le museau.

— Ce n'est pas notre faute, déclara-t-il. Nous avons agi suivant les règles de notre stratégie. Nous avons fait le vide!

— Oui, dit le Dindon en picorant du homard, nous avons fusillé des prisonniers.

— Comme nos ancêtres l'avaient tenté pour la France sous le Premier Empire, reprit le Renard, nous avons essayé de propager parmi les ennemis la divine peste des Indes.

— Nos soldats ont beaucoup violé, dit la Hyène.

— Oui, dit le Renard, et nous avons essayé maintes fois de corrompre les généraux ennemis.

— Pas moyen, gémit le Dindon.

— D'honnêtes gens, conclut Hamlet.

Tous rougirent et plongèrent le nez, le bec ou la gueule dans leur assiette.

On n'entendit plus qu'un bruit de mangeaille féroce et de beuverie. Sale Tilbury devenait de plus en plus rouge; la Pieuvre faisait glisser ses tentacules sous sa peau visqueuse et offrait aux morceaux de langouste des lèvres pareilles à des ventouses.

Monsieur Haringus se dit:

— Je vais être remarqué, maintenant qu'ils ne discutent plus entre eux et ils vont me faire fusiller!

Il songea à Cordoua, un innocent, que le Renard

impitoyable avait fait cribler de balles par ses soldats.

— Diable!

Il remarqua un candélabre de bronze et d'or.

— Voilà une arme! Je les assommerai! Je vendrai cher ma vie!

Il s'avança vers l'objet convoité, le saisit: il était en carton!

— Je suis perdu, murmura monsieur Haringus.

Il voulut ouvrir une porte: mais comme il arrive dans les rêves il ne put faire tourner la clef: des perles de sueur coulaient sur son front, une horrible angoisse serrait son ventre: il regardait les dents sanglantes du Renard, la bouche abjecte de la Hyène, celle de la Pieuvre.

Mais une dépêche arriva et fut transmise à Joë.

Joë pâlit terriblement.

— Qu'y a-t-il? demanda Hamlet.

— Les Boers débarquent en Irlande!

— Ils me délivrent, se dit monsieur Haringus.

— Sauve qui peut! s'écria le Dindon en battant d'ailes soudain sorties de son uniforme rouge.

— A combien sont-ils? dit Hamlet plus calme.

— Soixante.

— Nous sommes foutus! gloussa le Dindon, qui inonda son siège et le tapis d'une foire grise et argentée.

— Que faire ? reprit Hamlet.

— Faisons un mouvement tournant, conseilla le Renard.

— Non, siffla la Hyène. Brûlons les maisons et les fermes des Irlandais : les Boers n'auront rien à manger !

— Ils me dévoreront ! hurla le Dindon affolé.

— Faisons le vide ! insista la Hyène.

— Je le fais ! hurla le Dindon en éclaboussant une porte derrière lui.

Monsieur Haringus se tordait de rire.

— Que faire ? répéta Hamlet.

Tous songèrent.

Alors le Dindon, qui avait rétabli la paix sous son croupion, dit avec l'air d'un fin diplomate :

— Ne pouvons-nous compter sur le Portugal ?

Joë le regarda avec mépris :

— Les Portugais sont devenus les alliés de la Hollande pour vingt tonnes de harengs et dix bateaux de fromages ronds à manger avec le Porto !

Mais une seconde dépêche arriva : Joë devint livide.

— La nouvelle ?

— Les soixante Boers marchent sur Londres !

Le Dindon glousssa, rouvrit sa soupape. Hamlet était blême. Mais le Renard se leva, gonfla son cou, et à pleine gueule commanda, superbe :

— Qu'on cache les canons, pour qu'ils ne les prennent pas !

Monsieur Haringus se mit à rire si fort qu'il s'éveilla : il avait mal au ventre et dut sauter du lit pour ne point mouiller le matelas.

— Malheureusement ce n'est qu'un rêve, dit-il.

Pourtant, à moitié endormi, il regarda sur le marbre de sa commode à bijoux si le diable n'y avait pas posé le grand livre à caractères rouges.

Rien ! Sinon une veilleuse dont la lueur douce mettait une petite âme ronde au plafond et caressait, à côté d'elle, le ventre à un vase de Chine de la famille verte.

LES SUPPOSITIONS POLITIQUES

LES SUPPOSITIONS POLITIQUES

Quelques jours après que M. Haringus m'eut raconté ce rêve, auquel il avait certes ajouté quelques enjolivements dès son réveil, je lui rendis visite à Amsterdam. Il faisait un temps d'automne sapide. Le soleil venait de lever les brouillards : il semblait qu'il fît danser leur âme sur les pignons et sur les arbres roux : la ville baignait en une lueur irisée. Les canaux exhalaient leur suée matinale : une mouette y arrêtait quelques secondes son vol agile : sous la voûte d'un pont de pierre surgissait la proue d'un bateau, bariolée d'un vert de pomme aigre. Une odeur de tourbe brûlée, d'épices et de goudron régnait.

Je trouvai M. Haringus joyeux dans sa grande salle ornée de tapisseries. Son œil brillait, sa bouche paraissait tenaillée par une envie de rire. Il leva les bras au ciel :

— Quel plaisir, cher ami !

Il prit mon chapeau, ma canne :

— Vous allez déjeuner avec moi ! j'ai des anguilles fumées : la moelle des ondes ! Et du saumon coupé en tranches si fines qu'elles ont la transparence d'une feuille de vigne !

— Vous êtes le saint Nicolas des gastronomes !

— Ah ! ne me flattez pas !

En mettant mes objets dans un coffre gothique, M. Haringus regarda par la fenêtre les quais du Prinzengracht :

— Sont-ils merveilleux, les brouillards de Hollande ! L'haleine du matin, de l'aurore ! Ils s'évaporent, avec l'irisation d'un arc-en-ciel qui s'envole !

M. Haringus rangea sur sa table des papiers où s'étalait sa large écriture toute fraîche : je les avais remarqués en entrant : mon hôte venait d'achever quelque morceau de littérature !

Il continua :

— Et quand ils se lèvent, c'est sur un Zélandais qui a mis son gilet écarlate à grandes fleurs lilas, ou sur une fille de Marcken, aux yeux verts : ses longues tresses ramenées par-dessus les épaules battent son corsage bariolé de rouge ! Des gens sains, vigoureux : de la hardiesse, du beau sang ! Tandis qu'à Londres...

— Nous y voilà, me dis-je.

— A Londres, poursuivit M. Haringus, le brouillard a un ton répugnant d'absinthe sale, il est mélangé de suie, épais comme du lait, et quand il s'ouvre?... Sur la face cramoisie d'une vieille ivrognesse, la gueule sournoise d'un pick-pocket, les pâles raccrocheuses de Piccadily, le déhanchement équivoque d'un boy! De la pourriture! De la scrofule!

M. Haringus remua ses papiers sur la table. Je sentais qu'il avait une confidence à me faire. Mais il hésitait. Tout à coup, il me dit, traînant un peu sur ses paroles :

— A propos des Anglais, vous rappelez-vous le rêve que je fis l'autre jour et que je vous ai conté? La victoire complète des Boers et leur arrivée aux environs de Londres?

— Ce rêve m'amuse toujours, répondis-je.

— Il m'amuse aussi, répliqua M. Haringus. Et pour me distraire, j'ai commis cette folie : imaginer que surpris par les ennemis, le roi d'Angleterre, ses ministres et ses généraux font, à l'instar du président Krüger, le tour d'Europe pour l'arbitrage.

— L'idée est drôle!

— Vous pourriez peut-être en profiter, vous qui vous occupez de littérature, me dit modestement M. Haringus. En tous cas, voici l'histoire!

Il s'assit au fond de son fauteuil, caressa ses papiers.

— A ce moment, n'est-ce pas, dit-il un peu intimidé, les Anglais épuisés et décidés à demander l'intervention des puissances, n'ont plus guère de guinées. Aussi chacun se fouille pour parfaire la somme nécessaire au voyage en Europe. Chamberlain, quoiqu'il possède des millions secrets, se déclare ruiné. Roberts et Buller n'ont pas reçu les arriérés de leurs soldes, ils ne possèdent rien ! Il faut donc que l'Hamlet du rêve fasse tous les frais : opération pénible ! Heureusement, il reste une frégate pour la traversée, et comme le train impérial de feu la reine a été cédé à un prix d'occasion au roi des Belges, il est décidé que la petite troupe prendra un train blindé, qui a servi au Cap lors des premières batailles.

Je souris : M. Haringus fut satisfait.

— C'est de la plaisanterie ! dit-il. Je continue. La troupe, acompagnée de quelques dames de la Cour, se met en route et débarque à Brest. A Brest, pas de manifestation. Des matelots ivres chantent *La Marseillaise*. Les ouvriers de la gare installent sur les rails continentaux le train blindé : à ses flancs on voit, rapiécés, les trous qu'ont allégrement pratiqués les boulets boers ; comme il a été attaqué près de Ladysmith et que de nouvelles recrues ont dû le défendre, il exhale certaine odeur de poudre que de consciencieux lavages n'ont pu enlever.

M. Haringus éclatant de rire continua :

— A Paris, Hamlet, craignant d'être reconnu, loue un fiacre. Les autres, ministres, généraux, dames de compagnie, s'entassent avec les malles dans quelques landaus.

Pour la facilité du récit M. Haringus lut la suite de son histoire sur ses manuscrits :

« Devant le Grand-Hôtel surgit un incident. Un grand négociant de Bordeaux se trouvait au balcon. Il reconnut la Cour de Londres et se rappela que lors du voyage du président Krüger un Anglais avait jeté des sous à la foule. Assoiffé de vengeance, il fouilla dans sa poche, prit une poignée de pièces blanches, les lança aux landaus. Aussitôt les ministres et les généraux se précipitèrent sur l'aumône qu'on leur octroyait. Le négociant les vit ramasser jusqu'au dernier sou dans la boue de la chaussée. Cette besogne faite, ils levèrent la tête pour voir si la pluie bénie n'allait pas retomber : le Bordelais fermait la fenêtre.

« Le soir, le général Bull-Dog se promena dans la ville. Il entendit des Parisiens commander trois *canons* chez un marchand de vins : à ce commandement il s'enfuit éperdu par les rues. Bientôt il ne trouva plus son chemin. Il n'osait s'adresser à personne, car on avait signalé la présence de beaucoup de Hollandais venus à Paris pour le partage des colonies britanniques. Il s'affala sur un trottoir. Deux officiers de paix s'avancèrent vers lui. Alors il agita son mouchoir de poche :

— Je me rends! Je me rends! cria-t-il avec un accent très anglais.

« Le lendemain toute l'ambassade fut reçue par M. Loubet, président de la République française. Hamlet exposa la situation faite à son pays par les Boers. Ceux-ci voulaient prendre l'Angleterre à cause de ses mines de charbon. C'étaient des spéculateurs avides et sans vergogne, conduits sans doute par quelque ancien négociant malhonnête et des voleurs de la haute banque. Ils savaient que l'Angleterre n'avait plus que vingt mille soldats et ils arrivaient à plus de trois cents! Ils possédaient une artillerie, beaucoup d'argent : en somme ils constituaient une force mille fois supérieure à celle de l'Angleterre. L'Europe ne pouvait tolérer une lutte inégale, inhumaine, contraire au droit des gens. La conscience des peuples devait se révolter devant pareille iniquité!

« Quand Hamlet eut fini son boniment, M. Loubet se leva, l'œil malicieux :

— Je vais vous faire une promesse solennelle et formelle.

« Les Anglais tressaillirent.

— La promesse que j'ai faite à Krüger, ajouta le Président.

« Hamlet ouvrit la bouche.

— Je vous promets d'intervenir si les autres États interviennent, affirma M. Loubet rayonnant et magnifique.

— Il se paie ma couronne, se dit Hamlet.

« Pourtant il remercia, parla des solides liens d'amitié qui avaient toujours attaché l'Angleterre à la France. L'ambassade se retira avec dignité.

« En sortant Sale Tilbury opina :

— Le gouvernement nous ferme ironiquement les portes. Si nous allions au peuple !

— Mais où est-il ce peuple ? Les rues sont désertes, fit observer Joë la Pieuvre.

« Hamlet très au courant des mœurs parisiennes, renseigna sa suite :

— Le peuple est au Boul'Miche. Il acclame la Reine des Reines !

— La Reine des Reines ! !

— Allons la voir !

— J'irai, déclara Hamlet.

« Il y alla le lendemain. Ayant demandé audience,

il fut introduit dans un lavoir pavoisé de drapeaux tricolores.

— Oh ! les belles petites femmes, dit Hamlet.

« Il s'adressa à la Reine des Reines :

— Je ferai blanchir mon linge sale à Paris, si vous me le rapportez vous-même !

« La Reine des Reines répondit :

— Il n'y a pas de lessive assez forte pour blanchir ton linge, mon petit père ! La Seine est déjà assez dégoûtante ! Adressez-vous au Transvaal : ils s'y entendent à nettoyer les Anglais !

« Un rire frais tomba en pluie de perles dans l'azur des baquets et les grasses savonnées.

« Les Anglais se retirèrent.

« Le lendemain ils résolurent d'aller tous chez le Roi Ubu. Il fallait voir les têtes couronnées, épuiser les influences.

« Ubu était de bonne humeur. Voyant *la Cour* d'Angleterre qui s'approchait, il s'écria :

— Qu'on m'apporte le crochet et le couteau à Nobles et mon croc à finances !

— Sire, dit humblement Hamlet, nous ne venons point ici faire un assaut, et d'autre part nous n'avons plus d'argent !

— Faites vos besoins ! Marchez dedans ! *Vous en*

aurez! s'écria Ubu. Qui êtes-vous, sacs-à-vin et bouffres?

« Hamlet se nomma, présenta sa suite.

— Ah! les sagouins! dit Ubu.

« Il cria :

— Mère Ubu! Mère Ubu!

« Une voix aigre répondit :

— Je racle des fourneaux!

— Reste-t-il du chou-fleur à la *merdre*? cria Ubu.

— Tes invités ont tout boulotté, père Ubu!

— Des goinfres! s'écria Ubu.

« Alors il dit aux Anglais :

— Par ma chandelle verte, je n'ai à vous octroyer qu'une torsion du nez! Éloignez vos fioles! Ou je vous fais extraire la cervelle par les talons, oiseaux de nuit!

« Le soir venu, les Anglais comptèrent leur argent. Malgré les libéralités du négociant de Bordeaux, qui les avait arrosés du balcon au Grand-Hôtel, la bourse des aventuriers s'aplatissait.

« Hamlet eut une idée :

— A l'Exposition Universelle, la Feria faisait d'excellentes affaires, dit-il. C'était un petit théâtre où il y avait des guitaristes et des danseuses espagnoles. Nous sommes assez nombreux. Les dames d'honneur feront les gitanes, danseront les séguedilles. Nous, messieurs, serons les instrumentistes : ce n'est pas difficile de racler une guitare!

« Ils louèrent des costumes, des instruments à cordes, un tambour de basque pour Sale Tilbury, qui était maladroit de ses mains : dans une petite salle à Montmartre ils donnèrent la première représentation.

« Quand les dames d'honneur parurent en danseuses, les spectateurs se tordirent comme du linge mouillé, dont on fait couler l'eau. L'hilarité monta, emplit les loges, battit le plafond. Mais bientôt les rires dégénérèrent en sifflets : des pommes cuites volèrent au-dessus des têtes. On dut baisser le rideau.

— La faillite! déclara Hamlet.

« Que faire?

« Le maréchal Fox annonça qu'il se déguiserait en mendiant et irait demander l'aumône sur les ponts. Il le fit et ramassa beaucoup de sous, car les passants avaient grande pitié de ce pauvre éclopé.

« Joë la Pieuvre, vu ses aptitudes financières, enfonça sa casquette de voyage sur ses oreilles, se vêtit d'un pardessus à larges manches, visita la rue de la Paix, les théâtrophones des boulevards, et revint avec une douzaine de montres d'or. »

— C'est raide, fis-je, interrompant M. Haringus.

— Vous trouvez cela raide? dit-il. De la pure plaisanterie : c'est tellement invraisemblable!

— Eh ! Eh ! Mais continuez, je vous prie.

M. Haringus reprit ses papiers :

« Pour gagner quelque argent une dame d'honneur loua un water-closet à l'anglaise, s'y fit la préposée. Elle se mit simplement, avec un petit bonnet blanc à tuyaux. Sa réserve et sa dignité lui valurent d'emblée la confiance de la clientèle. Elle passait la journée à découper en fragments suffisants des actions de la Chartered et des proclamations de Kitchener, qui s'utilisèrent enfin.

« Mais une fois un Hollandais se présenta, jeta trois sous et disparut.

« L'anglaise tremblait : c'était l'ennemi !

« Une canonnade éclata. La dame s'empressa d'apporter non pas des morceaux d'actions ou des menaces de généraux, mais bien du papier blanc comme certains drapeaux : elle se rendait. »

— Très bien ! fis-je.

M. Haringus sourit et continua :

« Le lendemain la Cour anglaise quittait Paris et se rendait à Bruxelles, chez le roi Léopold.

« Le roi lui-même vint chercher Hamlet à la gare : il lui souhaita la bienvenue en termes polis, mais ironiques.

« Hamlet se pencha à l'oreille du roi :

— Sipido est bien sous clef?

— Soyez tranquille!

— Que fait-il?

— Il sera bientôt carabinier!

« Le soir, à la société de la Grande Harmonie, eut lieu un bal donné par l'état-major de la garde civique. Léopold dansa avec Madame Van der Klache, la « dame » du Ministre des affaires étrangères.

« Le jour suivant, on parla « politique ». Hamlet demanda carrément l'intervention de la Belgique.

— Votre petit peuple s'honorera, dit-il à Léopold, en venant à notre secours.

— Hamlet II, dit le ministre Van der Klache présent à la séance, vous savaïe que nous-autre s'on est neuterr! Alorss on peuïe pas se mêlaïe à tes carabistouilles. Ça nous rigarde pas. Tu faut pas venir nous emberlificotaïe, ou dans les quarante s'huit heures je te convoque à la Sireté et je fous les gendarmes à ton cul!

— Cependant, votre roi... répliqua Hamlet confondu.

— Liapôl? reprit le ministre. Il a rien à dire. Ça est un de carton.

— Ce qui veut dire en français que je suis constitutionnel, reprit finement le roi des Belges avec un sourire.

« Les Anglais se retirèrent encore. »

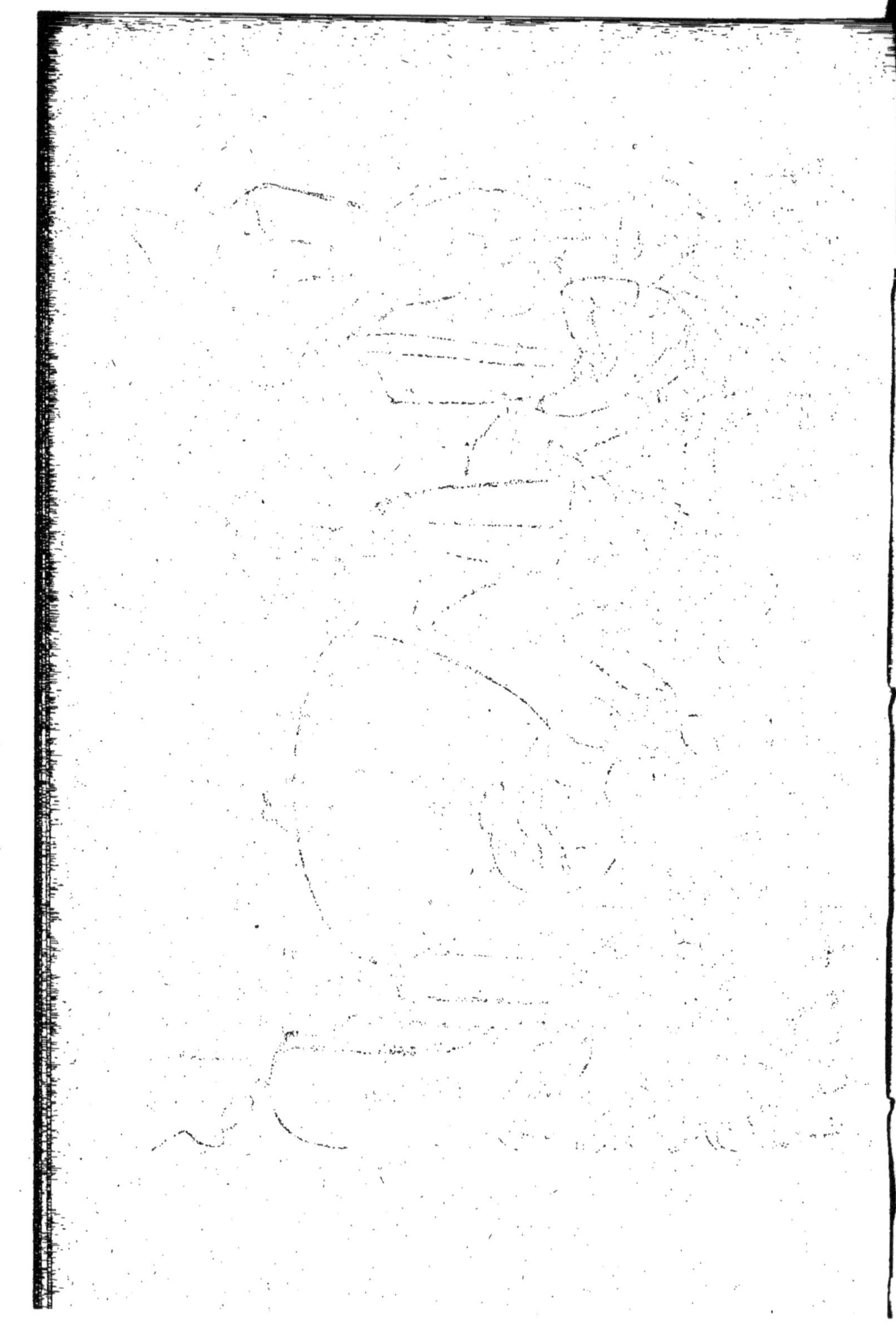

— C'est très joli, fis-je. Et vraiment vous avez bien saisi le parler belge.

— Voici les dessins qui représentent la scène de la Feria et celle du bal de la Grande Harmonie, dit M. Haringus en me tendant deux croquis.

— Charmant! m'écriai-je.

Encouragé, M. Haringus reprit ses feuilles d'écriture:

« Au nord de la Belgique on aperçoit un petit pays vert comme l'émeraude, coupé par des fleuves tranquilles et des canaux où glissent des voiles. Des bestiaux paissent dans les prés. On entend au loin des chants de paysans, le murmure de la mer. Là une petite reine couronnée d'or et de dentelles cueille les *tulipes* bigarrées, au milieu d'une pluie argentine de carillons et du vol nacré des mouettes blanches.

— Là, il ne faut point aller, conseilla Joë.

« Ils dirigèrent le train blindé à droite, vers l'Allemagne.

— Envoyez un télégramme à mon neveu, ordonna Hamlet.

« Au reçu de la dépêche, Guillaume, qui se levait, ôta le fixe-moustache qui donne si belle allure à son poil et se dit :

— Répondrai-je? Eh! Eh! Non! Un télégramme, cela reste!

« Il se mit devant son miroir.

— Quel costume mettrai-je pour recevoir l'oncle?

« Il examina sa garde-robe :

— Me vêtirai-je en chasseur, avec un manchon fait de peau de renard? En Frédéric-le-Grand?... Joli costume! Et je porte bien la perruque poudrée. Mais c'est peu moderne. Si je me mettais en colonel de dragons britanniques? Je suis colonel d'un régiment. Mais mon régiment s'est fait battre au Transvaal et mes deux majors tiennent un bar et pis à Capetown! Voyons!... En empereur romain? Eh! Eh! Il faudrait couper ma moustache! Dites: en joueur de tennis? Oh! la plaisanterie! Mon costume chinois? Il est plein de sang.

« Il rougit radieux :

— Je m'habillerai en Lohengrin! Lohengrin fut le sauveur d'Elsa!

« Alors il assembla les plus habiles acteurs de son empire, leur exposa le cas :

— Quel geste dois-je faire? demanda l'illustre « Matuvu ».

« Ils ne purent trouver. Mais entre temps l'empereur donnait des ordres :

— Que pendant le séjour de l'oncle, la garde des palais soit centuplée!

— Que l'on tire sur tous ceux qui s'approchent des murailles!

ELEKTRICITÄT
PRIX D'HONNEUR DE L'EXPOSITION 1900
TABA
CIGARES
EAU DE COLOGNE
SPATENBRAU
GRAND PRIX
PARIS

— Que si un Hollandais, sur mes terres, se permet une plaisanterie il soit traité de telle sorte que pendant deux siècles il n'ose regarder un Allemand en face !

« Guillaume reçut Hamlet avec pompe. Mais sur la route qu'ils suivirent, le peuple tourna le dos au cortège.

— Ah ! si je pouvais donner le knout à ces impertinents ! se disait l'empereur.

— Tu avais beaucoup d'actions de la Chartered ? demanda Hamlet en soupirant.

— Je crois bien !

— Léopold de Belgique en avait aussi, dit Hamlet. Mais il les a vendues à temps et rachète du Métropolitain.

— C'est un type, ça ! affirma Guillaume.

« A Berlin, pour fêter l'arrivée d'Hamlet, la Cour se répandit dans la ville : on la regarda. Des plumets s'agitèrent, des sabres frappèrent les trottoirs.

— Ça ne mord pas, avoua Guillaume.

« D'ailleurs le général Bull-Dog disait :

— Fichons le camp ! Je reconnais des gueules que j'ai vues à Spion-Kop !

« Guillaume, poliment, invita à une parade militaire les généraux anglais : ils crurent s'évanouir de terreur.

— Nous allons voir Gambrinus, expliquèrent-ils pour s'excuser.

« Ils se rendirent chez le Roi de la Bière.

« Gambrinus était assis sur un tonneau. Il avait une barbe blonde, l'œil bleu et clair, la joue fleurie. Il rit en voyant l'ambassade anglaise.

— J'interviens ! s'écria-t-il.

« En ce disant, il roula de son tonneau, sa couronne chut dans la bière épanchée : il était saoul !

« Alors Hamlet et les autres se dirigèrent vers la Russie. Comme les roues du train blindé n'avaient pas un écart suffisant pour s'engager sur les rails slaves, les aventuriers durent marcher à pied à travers les steppes pour gagner Moscou. Bientôt ils s'enfoncèrent dans la neige. Un aigle à deux têtes, le dos givré, planait au-dessus d'eux, au ciel gris, et les convoitait avec les regards du corbeau qui guigne un régiment allant à la bataille. Plus étrange encore, un être bizarre les escortait : la face rouge, essoufflé, il tirait avec peine ses mollets de la frigide nappe blanche qui s'étendait à l'infini : ce personnage portait une couronne : elle s'amincissait peu à peu : lui-même diminuait à chaque enjambée : c'était le vieux prestige d'Albion qui s'anéantissait : il disparut avec l'ambassade dans les mystères profonds de la Russie. Bientôt on ne parla plus ni de lui ni des autres. »

M. Haringus rejeta son papier et me dit en riant :

— Voilà comment on écrit l'histoire !

Je lui assurai que je m'étais fort amusé. Alors il ajouta :

— J'avais l'intention de les mener chez le Sultan. En voyant les généraux, l'empereur aurait voulu les prendre pour garder le sérail : il eût « fait le vide » suivant l'expression technique des stratèges anglais. Puis il eût rempli deux coupes de sang arménien et trinqué avec Hamlet : ayant bu, ils se seraient léché les lèvres, et Abdul-Hamid ivre aurait lâché, à coups de rots, les paroles qu'il a mangées en sa vie. Mais le récit eût été long.

M. Haringus rêva un instant :

— J'avais songé aussi à faire tenter la séduction du Président Krüger par la plus respectable des dames d'honneur de feu la reine Victoria.

M. Haringus poussa un soupir :

— Mais, je n'ai pas le temps de faire tout cela, dit-il.

Il ramassa ses feuilles :

— Tenez, disposez de ces fantaisies !

Puis il me donna, relatifs à la mirifique et bouffonne diplomatie, les dessins et croquis que j'ai fait reproduire ci-contre, trop réduits par les besoins de la librairie.

— Allons manger ! cria M. Haringus.

Un soleil radieux entrait par les grandes fenêtres et mettait des luisants aux tapisseries qui ornent la grande chambre de mon hôte. Au dehors des volées de pigeons se jouaient autour du clocher de la vieille église.

LA FIN D'ALBION

LA FIN D'ALBION

— *Tout de même*, dit M. Haringus toujours préoccupé par la guerre transvaalienne, alors que la paix serait conclue, les pays annexés, les habitants soumis, Édouard reconnu et les chefs boers proscrits, je ne désespérerais point de l'indépendance des deux républiques africaines !

— Eh ! Eh ! fit quelqu'un.

— Au début de la guerre des Pays-Bas contre l'Espagne alors puissante, reprit M. Haringus, qu'était la Hollande au XVIe siècle ? Quelques villes, des pêcheurs, des artisans, du sable, de l'eau ! Cependant la Hollande garda l'indépendance. Mais les citoyens se montraient décidés et leurs chefs possédaient la foi.

— Cela suffit en certaines circonstances !

— Cela suffit toujours ! affirma M. Haringus.

— Soit !

M. Haringus se promena dans le cabaret, tirant de fortes bouffées de sa pipe. Ses yeux brillaient sous ses lunettes bordées d'or; il relevait d'un geste machinal ses cheveux grisonnants sur son haut et large front pâle.

Un silence planait dans la fumée de tabac. En un coin, l'horloge tictaquait, avec un son de cuivre.

— Encore un bitter! dit mon ami.

Lotje, la baesine, prit une bouteille fermée par un goulot d'argent et emplie d'une liqueur qui avait l'air d'une belle topaze brûlée et fondue. Elle en emplit le verre de M. Haringus.

— A votre santé, monsieur Haringus! dit-elle.

— A votre santé, Lotje!

M. Haringus huma une lampée :

— Avez-vous remarqué, dit-il ensuite, les rapports qui existent entre la guerre des Boers et cette lutte des Pays-Bas contre l'Espagne au XVIe siècle?

« Le président Krüger, par ses croyances, son énergie, sa rudesse, sa patience et sa bonté n'a-t-il pas maint rapport avec le grand Taciturne, qui écrivait un jour ces mots, qui pourraient être de l'oncle Paul : « Mais quoique j'aye faict tant en Angleterre qu'en France, le tout a esté en vain. Et pour cela ne voulons perdre couraige, mais espérer que, lorsque nous serons abandonnez de tous les hommes, le Seigneur

Dieu estendra sa droite sur nous. » Et le président Steyn, avocat, diplomate et homme de guerre, ne fait-il songer à Marnix de Sainte-Aldegonde, dont la devise était : *Repos ailleurs*, qui fut poète, orateur, théologien, et sut défendre en héros les villes flamandes contre les mercenaires de la sainte Inquisition ?

M. Haringus promena sur l'assemblée un regard satisfait. Il continua :

— L'Espagne, au XVIe siècle, était la dominatrice de l'Asie, l'Afrique, l'Amérique. Charles-Quint se vantait que le soleil jamais ne se couchait pour ses États. L'Espagne possédait des flottes immenses, Philippe II équipa l'Armada, qui devait écraser l'Angleterre : et cette fois les Hollandais, oubliant généreusement le complot de Leicester, sauvèrent la Grande-Bretagne en bloquant sur leurs côtes l'armée du duc de Parme, laquelle devait rejoindre l'Armada et prendre Londres ! Bref l'Espagne était la puissance que l'Angleterre prétend être aujourd'hui. D'autre part les Hollandais constituaient un petit peuple probe. Ils désiraient pratiquer le commerce et l'industrie en paix : les Boers d'aujourd'hui ! Ne sont-ce pas les mêmes forces en présence ? Et si les Boers ont, pour se protéger, les « kopjes » et les montagnes, les Hollandais possédaient les digues, leurs fleuves et la mer !

M. Haringus remit du tabac dans sa pipe; puis il continua :

— L'historien américain John Lothrop Motley à propos de la guerre des Pays-Bas contre l'Espagne a écrit : « Qui aurait voulu croire que sur ce tremblant banc de sable, long de quarante lieues, large quelquefois d'une lieue et quelquefois de dix, un homme, soutenu par une poignée de villes, combattrait pendant neuf ans contre le maître des deux mondes et finirait par le vaincre ? » Qui, aujourd'hui, eût cru que les Boers allaient résister plus de trois mois?

M. Haringus frappa la table du poing :

— Eh bien! s'écria-t-il, de même que l'Espagne a été frappée au cœur par les Hollandais d'alors, de même l'Angleterre le sera par les Hollandais d'aujourd'hui. C'est sa ruine!

M. Haringus se leva, furieux :

— Et dans les deux guerres, dit-il, c'est la même façon de brûler et de dévaster. Les Espagnols mettent les villes à sac, incendient les fermes, massacrent les femmes et les enfants, enlèvent les bestiaux : eux aussi voulaient « faire le vide »! Ils ne fusillaient pas les prisonniers, ils leur coupaient la tête! Mais voici un fait d'armes digne de ceux que pratiquent les mercenaires d'Édouard VII. En 1576, Maestricht était assiégé par les Espagnols et se défendait avec une superbe bravoure. Près de la ville se trouve la bourgade de Wyck où il n'y avait plus que des femmes, tous les hommes étant allés combattre avec les habitants de Maestricht. Or les Espagnols s'emparèrent d'elles et s'en firent des boucliers pour s'avancer sur le pont de Meuse qui donnait accès dans la ville. Les brigands ainsi protégés par des poitrines de femmes s'avancèrent en toute sécurité sous les batteries de leurs ennemis : ceux-ci reconnaissaient leurs mères, leurs épouses, leurs filles, ils n'osaient tirer, tandis que les Espagnols déchargeaient leur mousquet par-dessus l'épaule de leurs prisonnières. Ainsi Maestricht fut pris. Motley, en racontant cette ruse de guerre, émet la réflexion : « La férocité sans frein des Espagnols leur suggéra cet expédient pour suppléer à ce qui manquait à leur courage. » Ne dirait-on pas qu'il juge certaines troupes de lord Roberts ?

M. Haringus demanda un nouveau bitter et reprit :

— Les Hollandais, de leur côté, montrèrent le calme, la fermeté, l'héroïsme des Boers. Après la défection d'Amsterdam, la furie d'Anvers, le pillage d'Alost, la prise de Haarlem, de Zeerick-Zee, les sacs de Malines, Naarden, Zutphen, ils ne désespérèrent pas ! Certaines villes soutinrent les sièges les plus stoïques. Alkmaar, investi par dom Frédéric de Tolède, ne se rendit jamais et obligea les Espagnols à lever leur camp. En d'autres endroits, les Hollandais, surpris par la famine, posaient les idoles catholiques sur les remparts et les profanaient pour exciter le fanatisme des assiégeants et provoquer l'assaut immédiat! Le siège de Leyde est célèbre : les habitants étaient réduits par la faim et la peste : ils tenaient toujours; comme la ville se trouvait à proximité de la mer, les gueux rompirent les digues. Alors, à travers le pays inondé, l'océan apporta sur des barques une armée sous les murs de Leyde et fit reculer les Espagnols.

M. Haringus frémit d'enthousiasme. Ses auditeurs étaient très attentifs. Il reprit, levant l'index :

— Une chose rend plus certaine la débâcle de l'Angleterre : les Hollandais du XVIe siècle avaient affaire non pas à Methuen, Gatacre, Buller, Roberts, Littelton ou Kitchener, mais à des stratèges illustres, aux vainqueurs de Lépante : Don Juan d'Autriche, d'Albe, Alexandre Farnèse, de Requesens! Les soldats qu'ils ont combattu étaient des vétérans expérimentés comme les légionnaires de Jules César, et non une tourbe recueillie sur les trottoirs de Londres!

M. Haringus conclut :

— Vous le verrez! L'Espagne envoyait au loin des mercenaires se battre contre les Hollandais : au bout de neuf ans, malgré les renforts de troupes, malgré les fourberies de Philippe et de ses diplomates elle fut vaincue! Aujourd'hui l'Angleterre expédie au Cap des mercenaires : elle renouvelle les régiments décimés, ses hommes d'État sont hypocrites et astucieux : il ne faudra pas neuf ans !

M. Haringus se rassit, satisfait. L'horloge, dans sa grande boîte en mahoni, paraissait scander les notes d'une marche héroïque. Tous les buveurs songeaient. La fumée des pipes montait comme un encens de gloire. Les auditeurs de M. Haringus semblaient fiers d'être Hollandais.

Midi sonna.

Il faisait un joli temps. La grande place de la petite ville de Frise, avec les briques rouges des façades, les pignons en escalier, les enseignes de fer forgé ou peintes en couleurs claires, faisait songer, onctueuse et comme beurrée par un doux soleil, à un tableau de Van der Heyden.

— Sortons! me dit M. Haringus.

Il jeta un florin sur le comptoir. Comme nous étions dans la rue, il me dit, plein de mépris pour ses *compatriotes* du cabaret, lesquels n'avaient pas, suffisamment à son gré, approuvé ses haines et ses exaltations :

— Des huîtres et des moules !

Puis il se reprit :

— Non, des marmottes !

— Quelle ménagerie dans cette fumée de pipes ! lui dis-je.

— Oui, répliqua-t-il. Que voulez-vous ? Je trouve les gens sans enthousiasme, mous comme du lait caillé.

Il haussa les épaules.

— Cette question du Transvaal est ancienne, dit-il. Ils ne le savent pas.

M. Haringus tira de sa poche un numéro récent du *Mercure de France* :

— Lisez !

Mon interlocuteur m'indiquait une phrase du doigt.

Je lus exactement :

« Au Cap l'adolescent constate le peu de sympathie dont y jouissent les Anglais, cela non sans certaine satisfaction patriotique et humanitaire, — les Anglais mercantiles et oppresseurs des faibles étant l'ennemi de l'Humanité autant que de la France, — et par un sentiment analogue à celui qui faisait la Convention décréter leur grand homme national Pitt : ennemi du genre humain. »

M. Haringus me dit :

— L'adolescent dont il s'agit, est le poète Leconte de Lisle. Cela se passait avant 1848. Au surplus, la chose est plus vieille encore. C'est un profond conflit de race. Il faut qu'il se liquide et que l'Anglais soit chassé ! On ne le comprend pas assez en Europe. On acclame Krüger, mais on oublie trop vite sa cause ; mais elle se représentera d'elle-même, toujours, toujours, comme un spectre redoutable, comme une épée au ciel, comme un cri de douleur et de vengeance qui repassera sur l'Europe et fera frémir les peuples !

— Vous devenez éloquent, M. Haringus !

— Vous-même n'êtes point sérieux, me répliqua mon interlocuteur en me tournant légèrement le dos.

Des notes de carillon planèrent sur la ville : c'était joli comme si l'on avait déchiré au ciel une dentelle d'argent.

Nous fîmes le tour de la grande place, sans plus rien dire. M. Haringus chantonnait des phrases de Wagner, les mains derrière le dos. Il attira d'un geste du doigt mon attention sur quelques enseignes assez curieuses, et me désignant au fond d'une ruelle une maison sur la façade de laquelle la lumière tombait de façon à faire briller les briques comme sous une rosée mêlée de diamants :

— Un Vermeer de Delft ! dit-il.

C'était sa manie de retrouver partout les « sujets » de ses peintres préférés.

Une porte s'ouvrait sur un corridor : du fond la

cour envoyait une lumière dorée aux dalles, au plafond, à l'escalier de chêne brun flanqué dans un coin. Une servante prenait de l'eau, s'appuyant au bec de cuivre de la pompe :

— Un Pieter de Hooghe! me dit M. Haringus.

Il me saisit le bras et m'entraîna du côté des vieux remparts de la ville où l'on trouvait de beaux étangs avec des hérons, des saules, des lentilles et des bachots fort goudronnés à l'ombre de quelques grands ormes. Nous nous assîmes dans une petite hutte en paille et en bois qui servait à abriter les chasseurs de sarcelles.

— Quand j'ai commencé une histoire, me dit M. Haringus, il faut que je la termine. Je vous avais confié mon rêve anglo-boer, puis je vous ai donné quelques mots au sujet d'un voyage des Anglais en Europe, afin d'obtenir l'arbitrage et sauver Londres. L'ambassade se perd dans les steppes de la Russie. Que devient la Grande-Bretagne, envahie par quelques Boers? Je vais vous le lire.

M. Haringus tira un manuscrit de sa poche et mit ses lunettes.

Il me lut des choses assez drôles, quoique banales, car les crimes de la Grande-Bretagne ont été souvent flétris par le pamphlet ou la caricature. D'illustres et grands artistes anglais eux mêmes, Rowlandson,

Hogarth, n'ont guère épargné leurs compatriotes. Mais, pour être complet et raconter M. Haringus jusqu'au bout de son caractère, force m'est de reproduire le manuscrit qu'il me donna, la lecture faite. Le voici :

« Quand les soixante Boers débarquèrent en Angleterre, John Bull vint les recevoir. Il était, comme d'habitude, vêtu d'une redingote qui serrait son gros ventre de buveur d'ale ; son nez rouge, éclairé par le gin comme une lanterne de « vélo » par l'acétylène, illuminait sa face carrée. Ses lèvres étaient lippues, ses dents féroces, des dents de requin ! son nez écrasé ainsi que par le poing d'un boxeur. Il portait un fusil en bandoulière, des bottes de gentleman farmer, et un peu de sang sur sa culotte en peau de daim.

« Il ôta son chapeau bas de forme, aux ailes retroussées, où des balles venues de loin avaient fait quelques trous : il souhaita la bienvenue aux Boers.

« Les Transvaaliens furent étonnés. John Bull s'aperçut de leur surprise et dit, esquissant un sourire vert :

— Goddam ! Il faut faire joyeuse figure aux événements ! Nous avons joué Capetown contre Prétoria. Vous avez gagné. Nous sommes quittes !

« Les Boers qui venaient pour s'emparer de Londres et exiger une indemnité de guerre furent surpris.

— Oui, continua John Bull, avec le geste de Robert Macaire invitant un gendarme à dîner, nous sommes amis maintenant! Tout est fini! Il n'y a pas de rancune.

« Les Boers se regardèrent.

« John Bull simula un air bon enfant qui lui donna l'expression d'un crocodile endormant un agneau afin de manger viande plus reposée :

— Eh! Eh! On se fait à tout! L'Anglais s'attend à voir ses colonies s'évanouir comme la fumée de sa pipe, et il prend la chose avec philosophie.

« Il étendit la main :

— Et je jure sur l'honneur de ma patrie qu'il ne vous arrivera rien de mal en ce pays!

« Les Boers aussitôt armèrent leurs fusils.

— Seulement, dit John Bull, donnez-moi quelques otages pour me garantir que vous ne commettrez pas d'excès.

« Les Boers refusèrent.

— Nous n'avons jamais pillé ni incendié, dirent-ils.

— Oh! répliqua John Bull, c'était pour me conformer aux usages du pays. Je n'insiste pas.

« Alors il tira de sa poche quelques pipes à longs tuyaux de jade, à têtes en forme de godet percé. Il les distribua aux Boers et leur présenta une substance qu'ils ne connaissaient pas :

— C'est meilleur que le tabac, affirma-t-il.

GOOD
HOPE
AUSTRALIA
INDIA

— Meilleur! s'exclama un field-cornet défiant.

— Meilleur, affirma John Bull.

— Nous verrons, dirent les Boers.

« Ils empochèrent les ustensiles.

— Fumez donc tout de suite! s'écria Bull.

— Nous savons attendre, dit le field-cornet.

« La troupe s'avançait dans le pays.

« En avant marchait John Bull. Il tira de dessous les pans de son habit une oie rôtie qu'il se prit à dévorer le long de la route. Il jetait les os dans les fossés où des misérables, coiffés de chapeaux de soie usés et cabossés, et couverts de redingotes recousues avec des ficelles d'emballage, se les disputaient en hurlant, se mordant et se crevant les yeux : tels des chiens.

« Les Boers prirent pitié, donnèrent aux gueux des morceaux de pain et de fromage.

— D'où viennent ces indigents? demandèrent-ils.

« John Bull prit un air de dédain :

— Ce sont des pauvres. Je ne vois pas cela.

« Il saisit dans sa gibecière un gros flacon et avala une ample gorgée.

— Du thé, fit-il en soupirant.

« Les Boers ne le contredirent pas, mais ils trouvèrent que cette infusion exhalait la forte odeur du rhum de la Jamaïque.

« Plus loin se profila un être bizarre, long, maigre, raide, vêtu d'une robe qui paraissait d'un autre régime et coiffé d'une perruque rousse. On n'eût pu dire son sexe; d'ailleurs aucun Boer n'eut envie de lever les jupes qui étaient pleines de boue, comme si l'apparition avait été trempée dans une mare à canards.

— Quel est cet animal ? demanda le field-cornet.

« John Bull se redressa fièrement :

— Cet animal ? dit-il,

— Oui, affirma le Boer.

— C'est la dignité anglaise, dit Bull.

« Les Boers pouffèrent de rire. L'un d'eux allongea sa botte au derrière crotté par les canards.

— Enregistre ! dit-il.

« Le personnage ainsi touché s'élança mécaniquement, et toujours raide, vers un poteau de télégraphe ; et il manda à ce qui restait du War-Office :

— Nous avons pris contact avec le field-cornet *Botha*.

« Quand il revint sur la route, caressant ses fesses maigres, les Transvaaliens étaient à l'horizon, ayant continué leur marche d'un pas alerte et décidé. L'être sali se redressa avec une morgue de grand d'Espagne, retourna au poteau et télégraphia mécaniquement, suivant une habitude et des formules encore récentes :

CAISSE
DES
BALAYEURS

— Les Boers se retirent en désordre. French balaye le pays.

« Malheureusement les Boers interceptèrent le télégramme ; goguenards, ils répondirent :

— Envoyez-nous French. Il y a beaucoup de crottins par ici. Balayeurs nécessaires.

« La dignité anglaise fit mine de ne pas comprendre et les Transvaaliens qui avaient des bottes solides se passèrent facilement du célèbre balai.

« Ils allaient à travers des plaines où poussait le houblon. Aux coins des routes s'ouvraient des cabarets. A leur seuil buvaient de gros hommes, aux figures tuméfiées comme par des piqûres d'abeilles, aux mollets gonflés de goutteux. Çà et là s'élevaient les ruines de fabriques de poudre et de dynamite, des distilleries de wisky, des brasseries d'ale, des bâtiments immenses où l'on préparait l'opium. Des bandes de pauvres hères, revenus de la guerre, estropiés, avec des mâchoires enlevées, des crânes fendus, des jambes de bois, borgnes, manchots ou culs-de-jatte, parcouraient le pays.

« Ils reconnurent les Boers :

— Ah ! leur dirent-ils, c'est votre armée, puis nos médecins qui nous ont ainsi charcutés. Mais nous ne l'avons pas volé ! Qu'avions-nous à vous attaquer chez vous ? Vous fûtes encore trop bons !

« Les Transvaaliens fraternisèrent avec eux.

— Mais comment êtes-vous si malheureux ? demandèrent-ils aux soldats britanniques. Ne vous a-t-on pas couverts d'or et de médailles à votre retour ?

« Les victimes des cupidités de Chamberlain et de Rhodes répondirent en soupirant :

— On nous a passés en revue, on nous a offert de très belles paroles. Puis cela a été tout.

« Les Boers leur donnèrent de l'argent et les pauvres éclopés partirent en rendant grâce aux ennemis.

« Cependant John Bull était allé chercher des policemen ; leur désignant les anciens soldats revenus de la guerre, hachés par la mitraille et minés par la fièvre :

— Empêchez donc ces gueux, dit-il, d'importuner les nobles étrangers qui nous honorent de leur visite.

« Les hommes de police aussitôt se précipitèrent sur les échappés de Spion-Kop et de Colenso : à coups de sabre et de poing ils leur infligèrent de nouvelles blessures et les laissèrent râlant, à demi morts : on eût dit que le souffle des Longs Toms avait à nouveau passé sur leurs têtes.

« Arrivé devant une métairie, John Bull invita les Boers à entrer chez lui.

— Mon home ! dit-il.

« Les Boers refusèrent d'abord. Mais sur les instances du gentleman ils finirent par accepter.

— Très confortable, disait John Bull.

« L'habitation était engageante et jolie. Des liserons couraient sur la façade, autour des fenêtres. Les vaches blondes paissaient dans le verger.

« Les visiteurs furent introduits dans une grande salle claire, aux murs blancs de laquelle pendaient des cors de chasse, des carabines, des gibecières. On y avait aussi attaché des cornes de cerf, entre les paires desquelles paradaient les portraits de famille en habit rouge.

— Je vais vous présenter mes amis, dit John Bull aux Transvaaliens.

« Quelques personnages étranges entrèrent. Ils étaient solennels et pleins de dignité. Ils inclinèrent à peine leur figure et leurs habits, lesquels faisaient éclater le plus superbe incarnat, comme pour éblouir, et se couvraient de décorations et de crachats scintillants.

— Des diplomates, fit John Bull.

« Les Boers cherchèrent d'une main les poignards de leurs ceintures, en saluant les bizarres individus qui répondirent dignement, sans regarder, jouant avec les breloques d'or de leurs chaînes.

« Quand les intrus se retournèrent pour examiner

d'un air indifférent et supérieur les portraits de famille, les Transvaaliens virent l'incarnat de ces gens se muer dès qu'ils s'en allaient, en une couleur grise, insaisissable et fuyante.

— Des caméléons ! se dit un Boer.

« Il eut envie de leur envoyer quelques coups de fusil. Mais il se prit à rire en voyant sortir des poches de leurs pans plusieurs têtes de canards, des bonnets de forçats et des traités sur la fabrication des obus. Les protéens individus tirèrent de leur gilet des tabatières d'or serties de diamants du Cap ; ils s'offrirent des poudres équivoques qui paraissaient des mixtures de belladone et de champignons vénéneux.

— Je n'irai jamais déjeuner chez ces assassins, se dit le Boer.

« Il se rappella les prises que distribuait le père Krüger aux beaux jours de Prétoria, quand il était de belle humeur et secouait sa boîte de corne ou de merisier.

« Mais d'autres Anglais apparurent. Ceux-ci avaient des cous de taureaux, les épaules carrées, des cuisses dont les muscles saillaient comme des troncs de chêne qu'un géant eût tordus. Ainsi qu'au pugiliste au ceste du musée des Thermes à Rome, leurs oreilles élargies, déchirées, évoquaient l'idée de crêpes mordues par les souris; leurs lèvres étaient enflées, leurs nez aplatis, leurs mâchoires déformées. Ils promenaient autour d'eux, sous des sourcils tuméfiés, le regard stupide du taureau qui cherche la loque rouge.

— Des sportmen, dit John Bull. Ils jouent admirablement au golf et au tennis.

« Les Boers regardèrent les poings de ces invités aux yeux torves et se promirent de prendre garde.

« Mais la salle s'emplissait: des marchands bedonnants, des banquiers se faufilaient et se demandaient les nouvelles de la traite des blancs et des Chinois. Ils parlaient de l'art de falsifier les épices.

« John Bull présenta aussi des jockeys, des cochers, un gardien de la Tour de Londres en costume, avec une fraise blanche et un chapeau du XVIe siècle, des chasseurs, ainsi que plusieurs hommes-sandwichs : ceux-ci étonnèrent les Boers.

— Est-ce là ce qu'on appelle en Europe des cuirassiers? se disaient-ils.

« Mais on s'assit autour de la table, dans un brouhaha de chaises. La pièce était comble.

« John Bull s'écria :

— Oh! mes servantes !

« Des figures repoussantes apparurent apportant des brocs de bière, des jambons, des flacons de « pickles ».

— Les diablesses! se dirent les Boers.

« Elles étaient maigres, sous leurs petits bonnets blancs et pointus, et d'un aspect livide. Leurs lèvres apparaissaient tantôt vertes, tantôt noires. L'une d'elles cracha une dent. Une autre s'arracha une oreille, la jeta par la fenêtre. Les viandes qu'elles apportaient grouillaient de vers, comme des yeux de cadavres. Les boissons sentaient le phénol. Des mouches bourdonnaient autour de ces affreuses apparitions.

« Les servantes déposèrent les charognes sur la table.

« Comme si ce service avait été le signal du guet-apens les invités de John Bull sautèrent sur les Boers, débarrassés dès l'entrée, à la prière de l'hôte, de leurs fusils, dans le vestibule de la maison.

« Les diplomates essayaient de jeter aux yeux des Transvaaliens leur poudre empoisonnée, les boxeurs tentèrent de les assommer, les marchands fournirent des crocs en jambe. Affreuse mêlée, où les brocs volèrent brisant des crânes anglos-saxons, fracassant les mâchoires pourtant solides des mercantis, refendant les oreilles des hercules du golf.

— Trahison! criaient les Boers.

« Les affreuses gothons surtout leur causaient beaucoup de mal : ils avaient grande peine à se défendre contre leurs étreintes pourries et les baisers purulents qu'elles cherchaient à poser sur les lèvres des Transvaaliens. Ils apprirent depuis que ces embrassantes adversaires étaient, costumés en soubrettes, le typhus du Cap, la peste des Indes, le choléra du Caire : les alliés secrets des Anglais, arrivés à l'appel de John Bull. Quant à celui-ci réfugié dans le jardin avec son fusil, il lançait des balles, derrière une haie : tirant mal, il étoila les portraits de ses ancêtres, blessa le banquier, et, maladroit, foudroya un sportman.

« Les hommes-sandwich sauvèrent les Hollandais. Les Anglais avaient beaucoup compté sur eux pour les protéger : mais les Transvaaliens saisirent par les pieds ces malheureux cuirassiers et s'en servirent comme de massues. Les marchands, les hercules, les jockeys, les cochers, jonchèrent le sol : les affreuses servantes reçurent des coups de couteau qui les crevèrent comme des abcès. Les blessures britanniques répandaient du pus et de l'alcool. Les Boers reçurent quelques égratignures. Ils abandonnèrent la maison.

« Quand ils furent dans le jardin, John Bull se précipita à leur rencontre. Il avait jeté son fusil, levait les bras en l'air comme le soldat qui se rend, et il protestait de son innocence.

— Ces traîtres ! s'écriait-il, ô messieurs les Boers ! Ils ont voulu vous massacrer ! Goddam ! Il va leur en cuire !

« Il appela les policemen, qui avaient des pistolets à la ceinture.

— Tirez sur ces gens ! s'écria-t-il en désignant ses compatriotes.

« Les malheureux râlaient : John Bull lui-même, grondant comme un dogue, s'approcha d'eux, le revolver au poing, fit sauter leur cervelle. Plus loin les policemen achevaient les blessés, comme sur un champ de bataille.

« Les Boers dégoûtés intervinrent.

— Laissez ! Goddam ! Laissez ! s'écria John Bull. Je vous venge. Ils ne recommenceront plus !

« Il piétinait le sang, les agonies, broyait d'un coup de talon les derniers soupirs entre les dents des sportmen, arrachait leur montre aux marchands. Il riait d'un rire atroce : tel un satyre en fête parmi les pampres rouges, sur les grappes écrasées !

« Puis il tirait encore, répétant le mot de lord Kitchener, quand ses troupes avaient tué quelques Boers :

— Aôh ! c'est du gibier !

« Enfin il rejoignit les Transvaaliens.

— J'ai fait le vide, dit-il, en remettant le revolver dans sa gaine.

« Un Boer lui répliqua :

— Au moins vous n'aurez pas bouté le feu à votre propre maison ?

« Ils continuèrent la traversée du pays.

« Bientôt le ciel se noircit, des fumées emplirent l'air, une traînée de brouillard vert, pareille à un immense serpent, se déroula à l'horizon. Une masse énorme et triste de briques grises apparut dans le firmament de suie.

— Londres ! dit un Boer.

« Tous s'arrêtèrent.

« John Bull, qui voulait retarder l'entrée des envahisseurs dans sa capitale, leur dit :

— A l'exemple de M. Loubet recevant le tsar, je vous ai préparé une belle revue.

— Une revue ? dirent les Transvaaliens.

— Une revue de mes troupes, répliqua John Bull avec emphase.

— Ah ! ah !

— D'ailleurs, les voilà !

« Une bande s'avançait sur la route. De loin cela avait l'air d'une haie qui marchait. Des uniformes rouges et blancs promenaient dans la campagne des couleurs de perroquets. Des bruits stridents frappaient l'air.

« Les Boers distinguèrent bientôt des femmes vêtues de drap bleu et coiffées d'un chapeau noir en forme de cabriolet, retenu par un ruban passé sous leurs mentons. Elles criaient, gesticulaient, jouaient du tambour et lançaient des morceaux de papier.

— A quoi servent ces papiers? demanda un field-cornet qui avait assisté à plusieurs déroutes des Anglais et qui aimait à se rendre compte des perfectionnements apportés dans les armées européennes.

— Ce sont des proclamations bibliques et des prières, répondit John Bull.

— Quelle idée de jeter cela aux vents! répliqua le cornet.

— En avant! criaient les femmes. Demandez le journal *En Avant!*

« Elles avaient l'air de folles maigres et s'agitaient, pâles, l'œil extatique.

— L'Armée du Salut! dit John Bull.

— Vous auriez mieux fait de songer au salut de l'armée, fit un Transvaalien loustic qui commettait des calembours.

« Puis s'avançaient les hommes en rouge, qui avaient fait songer de loin à des perroquets. C'étaient les généraux.

— Pourquoi marchent-ils de façon si piteuse? demanda un Boer.

— Ce sont des généraux en disgrâce. Nous n'en avons plus d'autres.

« L'un d'eux boitait.

— Qu'a ce malheureux guerrier? demanda le field-cornet.

— C'est le général, expliqua Bull, qui fut attaqué, en votre pays, devant le front de son armée, par une autruche furieuse. La bête essaya de lui crever les yeux : mais l'officier supérieur, hélas! était si disgracieux de visage qu'elle s'acharna sur son fondement, l'estimant plus noble que l'autre face. N'est-ce point malheureux? Il est vrai que s'il boite, sa laideur lui a sauvé la vue.

« Derrière les illustres stratèges s'avançaient quelques bars montés sur des charriots, puis des bains de siège, des éponges, des harmoniums, des pots de marmelades, des boys, des tablettes de chocolat, tout ce qu'il faut aux troupes anglaises en campagne.

« Puis, venaient les soldats : ce qu'il restait : trente mille hommes marchant au pas, le fusil sur l'épaule.

« John Bull, enthousiasmé, agita son chapeau et cria :

— Vive l'Armée!

« Et il se retourna, triomphant, vers les Boers :

— Ils marchent comme un seul homme!

— C'est vraiment pas la peine de se mettre à trente mille pour arriver à pareil résultat, répliqua le field-cornet.

» Mais John Bull désignait les bataillons avec emphase, disant à mesure qu'ils passaient :

— Ceux de Colenso!

— Ceux de Maggerfontein !

— Ceux de Spion-Kop !

— Ceux de Dundee !

— Ceux de la Tugela !

« De ces vainqueurs il ne restait d'ailleurs que les rapatriés pour cause de maladie.

« En voyant les soixante Boers, les Anglais, au lieu de présenter les armes au défilé, jetaient leurs fusils, levaient les bras en l'air, afin de bien montrer qu'ils étaient des êtres inoffensifs. En exécutant cette manœuvre, les membres du régiment cycliste se répandirent sur le sol, ce qui fit rire les Transvaaliens. »

Le manuscrit de M. Haringus s'interrompait là. Sur une page détachée je lus encore quelques notes :

« Les Boers définitivement dégoûtés de l'Angleterre pensent à leur pays. Ils ont la nostalgie de l'Afrique, songent à leurs fermes, au veldt majestueux et calme, à leurs montagnes. Ils regrettent les aigles et les lions. Méprisant Londres, ils regagnent le Cap sur les cuirassés anglais, qui leur servirent de canots de plaisance. »

Enfin un dernier morceau de papier portait :

« Comment finit Albion ? Mais un jour Alphonse Allais qui folâtrait en Normandie, y lança une ficelle, attachée à la balle de sa carabine. La balle tomba dans le comté d'York. Alors Allais tira. Il annexa l'Angleterre à la Normandie. Heureux, il donna un morceau à la Belgique, pour y installer les journaux boerophiles. Il céda aussi une partie à la Hollande, à cause de la belle conduite de la petite reine. Mais les Hollandais pissèrent sur le fragment d'Albion pour lui faire reprendre le large. »

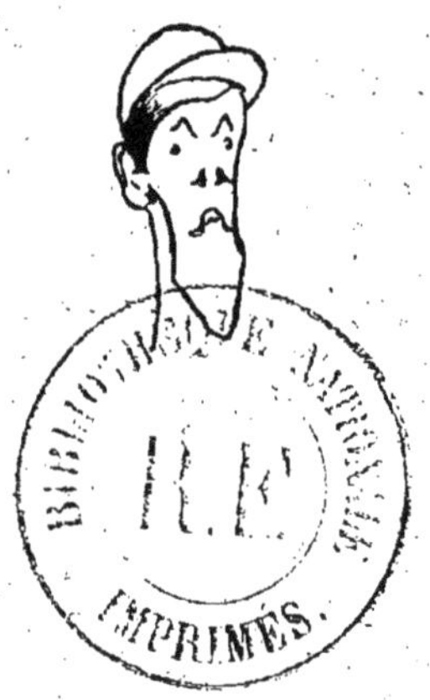

ACHEVÉ D'IMPRIMER
Le neuf Octobre mil neuf cent un
par
L'IMPRIMERIE Vve ALBOUY
pour le
MERCVRE
de
FRANCE

www.ingramcontent.com/pod-product-compliance
Ingram Content Group UK Ltd.
Pitfield, Milton Keynes, MK11 3LW, UK
UKHW021111220726
13924UKWH00004B/1634

9 782019 912734